청담동의 페트라르카

· 소네트 연작 ·

나남출판

윤혜준

연세대 영문과 교수
외국어대 영어학부 교수 역임
장편소설 《비발디풍 어머니》,
비평집 《포르노에도 텍스트가 있는가》 등

나남소네트 001

청담동의 페트라르카
소네트 연작

2004년 5월 20일 발행
2004년 5월 20일 1쇄

저　자　윤혜준
발행자　趙相浩
디자인　이필숙
발행처　(주)나남출판
주　소　137-070
　　　　서울 서초구 서초동 1364-39 지훈빌딩 501호
전　화　(02) 3473-8535 (代), FAX : (02) 3473-1711
등　록　제 1-71호(79.5.12)
홈페이지　http://www.nanam.net
전자우편　post@nanam.net

ISBN 89-300-1801-7
ISBN 89-300-1800-9 (세트)
• 책값은 뒷표지에 있습니다.

나남소네트 001

청담동의 페트라르카

· 소네트 연작 ·

윤 혜 준

나남출판

quei begli occhi soavi
che portaron le chiavi
de' miei dolci pensier···
— Petrarca 37

나의 감미로운 사념의 열쇠를 가져간
그 아름답고도 은은한 두 눈···

나남소네트 001

청담동의 페트라르카

· 소네트 연작 ·

차 례

1부. 지옥 Inferno

Amor, io fallo et veggio il mio fallire,
ma fo sì com' uom ch' arde e' l foco à 'n seno.
— Petrarca 236

사랑이여, 나는 범하고 있고 내가 범한 것을 알고 있으나,
나는 가슴속 불에 타고 있는 사람처럼 행동하오.

1.

어느 날 사랑의 창이 내 가슴을 찌를 때
일상의 갑옷으로 능히 버틸 줄 알았건만.
메마른 겨울, 늦은 일요일 아침,
간밤의 축축한 꿈이 곁눈질하며 머뭇거려도
이불 속으로 후퇴, 외면하고 돌아누우면,
욕망의 원리금은 월요일부터 갚기로 하면,
사랑은 독감처럼 그냥 지나가리라 믿었건만.

사랑은 내게 벌떡 일어나라 소리치네,
사랑은 겨울을 뜨겁게 녹이라 명령하네,
사랑은 밀린 빚을 한꺼번에 청구하네.

이제 막 아랫목에 몸을 눕혔는데,
이제 겨우 알량한 무덤자리 장만했는데,
차디찬 새벽공기 맨살을 칼로 들쑤시고,
철모르는 사랑은 섬뜩한 부활을 부추기네.

2.

앞질러 달려가다 그만 길을 잃고서는
누구나 한 번쯤은 빠져드는 외진 골목에서
머리끝까지 짜릿하게 나는 홀렸던 것이다.
인생 칠십 꺾어지는 아찔한 언덕에서
황홀한 비애와 정교한 쓰라림에 취한 채
반쯤 입벌린 지옥문 앞을 헤맸던 것이다.

"난 그런 사람이 아닌데, 전혀,
이마에는 성적표, 가슴에는 졸업장, 자랑스런
십대일, 백대일, 운전면허 시험도 한 번에
합격한, 반장출신 아버지의 반장출신 아들인데"—
변명이 소용없다, 발기한 간판들이 헐떡거릴 땐,
두 눈 부릅뜬 택시들이 순찰 돌 때는.

이곳에 들어온 자는 희망을 버리세요.
떠나는 자들도 희망을 버리세요, 오빠.

3.

아무래도 모든 계산을 끝전까지 맞춰보면
그대에게 빠지는 건 있을 수 없는 일.
파일을 삭제합시다, 계약서는 백지로 남겨두고.

그렇지만 그대에게 빠지지 않는 것은
십계명과 삼강오륜에도 많지 않는 일.
전화벨소리 늘어지는 늦은 오후 사무실,
그대와의 만남이 한 걸음씩 다가올수록 나는,
바람에 한나절 시달리다 결국 추락해서는
무심한 행인들의 구두코에 입맞추며 구걸하는
가로수 은행나무 노란 낙엽으로 변해 있네.

전화로 취소할까, "언제 한 번 식사나"로 미뤄둘까?
하지만 수화기를 드는 것은 있을 수 없는 일.
햇빛이 마지막 그림자로 쪽지를 던져줄 때,
가슴 뛰는 저녁의 녕링을 어씨 거억하리요.

4.

무릎 꿇은 동양 남자 금발 여인의
하이힐을 섬기느라 머리 조아린 바로 옆,
유리창에 나란히 갇혀있는 목잘린 신랑신부.
필기체 영문 간판의 농염한 자태 위로
신랑은 검은 턱시도에 날렵한 몸매,
신부는 새하얀 드레스에 풍만한 가슴.

염색하지 않은 자, 성형하지 않은 자를 혐오하며,
범접할 수 없는 완벽한 각선미의 채찍으로
꼬리에 꼬리를 묶은 생쥐들은 쫓아버리고,
발끝으로 동전을 차며 손톱 때나 빼고 있는
고양이들 불러모으는 올림포스의 명품 신들이여,
유리 통조림에 가지런히 절여 넣은 축복이여,
영원히 변치 않는 젊음의 시체들이여 —

게으른 노예들의 눈알 색도 파랗게 바꿔주소서.

5.

투명한 얼음 사이에 아쉬움을 감추며
위스키 언더락 잔에나 입맞출 뿐이지만,
그대의 루즈자국을 몰래 내 입술에 담아갑니다.
해가 저야 고개 드는 신비로운 해바라기여,
속눈썹의 숲 속에 숨은 채 손짓하는 들꽃이여,
그대는 내 어린 시절 아련한 그리움의
실체, 온화한 봄날처럼 나그네를 달래는,
산기슭 진달래 같은 그대의 눈망울은 꿈속에서만
기억하는 꿈속에서는 벌써 수없이 마주쳤기에,
그대를 알아보는 순간 나는 석방되었습니다.

아니면 깨지 않는 꿈에 갇힌 종신형인가요?
말없는 계산서 한 장으로 장부는 마감됐나요?

입맞춤으로 대답하는 그대! —
                              이 짧은 키스의
세금까지 제하면 제 월급은 뭐가 남나요?

6.

물려받은 종자돈은 나보다도 나이가 위다.
그 덕에 전세는 신랑쪽 살림은 신부쪽,
그때만 해도 함값을 받느라 애꿎은
동네 강아지들 이른 잠을 깨웠던 시절이라,
아직은 노래방 기계 없이 몇 곡들은 뽑았던
시대라, 앞뒤 안 가리고 양가 부모님
깊은 뜻을 모셨다, 어차피 내 돈은
아버지 돈 —

        하지만 몸값은 제대로 흥정했었나,
처녀 하나 들어 앉히는 시세가 얼마였나.

새벽까지 조직과 사랑한 후에야 값비싼
비둘기 집, 닭장으로 돌아갔다, 그러다 신혼여행
껴안은 사진은 먼 나라 옛이야기, 그러다
아이가 나왔고 그나마 밤시간도 아들에게
내주었다, 그러다 어느덧 월급으로만 일심동체.

7.

하루종일 독가스 같은 황사가 사정없이
도시를 겁탈했군요. 그대 몸은 무사한가요,
현찰로 받으셨나요, 잔돈도 꼼꼼히 챙기셨나요.

하루 치 머슴살이가 끝났군요, 하루 치 젊음을
잘라줬군요, 돌아온 몫은 퇴근길 사거리
붉은 신호등의 저녁 점호 뿐이군요.
방독면 뒤집어쓰고 가쁜 숨 몰아쉬는 귀갓길,
카스테레오를 아무리 높여보아도 그대를 향한
숨막힌 그리움의 독은 퍼져만 가는군요.

나는 내일 또 하루 치 목숨을 팔기 위해,
품삯 한푼 받지 않고도 허리가 휘도록
백년 치 노동으로 그대를 섬기기 위해
다리미로 구겨진 몸의 잔주름을 펴보지만,
그대는 길손들 달래느라 여념이 없겠지요.

8.

골목길 빠져나와 발길 재촉하는데, 문득
붉은 빛에 배어나는 신음소리에 몸이
돌아선다. 우리의 이름 석 자 새겨놓은 간판이
엉덩이 어루만지며 던지는 한마디, "카드환영!"

하지만 그곳에서 우리를 맞이하는 나팔소리는
낯익은 제식훈련, 친숙한 발길질, "차렷!"—
발가벗은 사내들은 방마다 갇힌 채 고추 달린
죄 값을 치르느라 악령들의 조롱을 감수하며,
한순간 내뱉는 외마디의 시세만 올려놓는다.
"에고, 그게 다냐? 아니, 벌써!"

뜨거운 지옥불을 직수입해 데우는 사우나실,
험상궂은 맥반석들의 눈총을 받으며 뒤늦게
뉘우치며 카드이자 따져볼 때 하루종일 달궈진
마룻바닥은 우리의 발바닥에 낙인을 찍는다.

9.

일주일째 그대를 만나지 못한 증상이
하나 둘 어김없이 고개를 듭니다.
밤마다 가위눌린 잠자리는 땀에 젖어 눅눅하고,
아침에 일어나 냉수만 한 잔 마셔도
발끈 들고일어나 항의하는 식도의 단식투쟁이라든지,
음식을 앞에 두고도 목젖까지 꽉 차 있는
그리움의 아우성에 질려 고개를 돌린다든지,
눈꺼풀에 매달려 두 눈 내려깔게 만들고,
눈빛마저 갑자기 불꺼진 화장실로 바꿔놓는
서러움의 무게라든지, 입술 사이로 흘려보내는
마지못한 대화의 씁쓸한 찌꺼기라든지—
                                 만성질환이라고요?
이대로 앓다가 병과 재혼하는 게 처방이라고요?

하지만 전화 한 통 없으시나요, 손쉬운
진통제 하나 못 놔주시나요, 잔인한 의사여!

통로가 막힌 뒷골목은 밤이면 구석마다
공중변소 — 죄수들은 일제히 물건을 꺼내곤
어루만지며, "아, 아, <u>으흐흐,</u> 인생이
이렇게만 풀린다면… 이거나 먹어라, 시발!"

하지만 땅이야 무슨 죄, 논마지기 밭뙈기
조상뼈 묻힌 터를 다시 찾은 귀신,
하도 흉악하게 변한지라 저승으로 돌아가려다 —
"덕지덕지 덧씌운 콘크리트 생매장이면 됐지,
네놈들이 감히 내 무덤을 윤간하다니!"

그때, 쓰레기 주머니에서 밀려나온 담배꽁초,
빨간 립스틱자국 완장처럼 두른 채 뻐기며 —
"한 번 더 그녀의 입술에 물리지 못할 바엔
썩게나 해줘 차라리, 발길에 차이다가
오줌세례나 받는 신세만은 제발 좀."

11.

가슴 속 들끓는 이 합창이 사랑이 아니라면
무엇인가요, 이 간절한 아픔의 이름을 아시나요,
고통이 나의 횡재요 상처가 내 복이라면
사지 않은 복권을 언제 내 지갑에 넣으셨나요?

장마로 부어오른 한강물, 팔당댐을 빠져나와
내 영혼은 떠내려갑니다, 그대의 샴푸향에 취해.
내 이마에 새겨놓은 그대의 인감은 쏟아지는
빗줄기에 오히려 더 빛이 나며 그대의 손길은
내 목을 감싼 후 뜨거운 쇠고랑을 채우더니,
어느덧 비구름 한복판에서 그대와 함께
내 이름을 잊습니다, 내 몸은 녹아 없어집니다.

밤새 춤춰대는 장대비는 거침없는 알레그로
벽마다 철근까지 젖은 아파트 한구석에서
그대를 꿈꾸며 꿈속에서만 난 살아있습니다.

12.

지하에서 만나는 동지들을 어찌 사랑하랴,
출입문까지 쑤셔넣은 몸뚱어리끼리 무슨 예의범절,
검은 머리 파뿌리 되도록 한결같은 민중의 인내심에
어찌 낙담하지 않으랴, 한발치 앞장서려
팔꿈치 씨름하는 동포들이 어떻게 IMF를
극복하지 않았겠나, 한뼘의 틈만 나면
"승객 여러분, 실례합니다"로 좌판을 벌이는
불굴의 상도(商道)에 시장경제가 꽃피우지 않고
배겨날 도리가 있겠는가, 단 한 사람도
철지난 핸드폰을 고집할 수 없는 선진조국에서
누가 감히 패션이 불량한가, 게다가
국제도시 서울의 지하철도는 차곡차곡 얹어 담은
포기김치 원주민들에게 역마다 미국말 가르치느라
난리라, 구린내 나는 나라말씀이 미국과 달라—

13.

그대의 눈빛을 마시지 않고도 살아있군요,
그대의 발자취 삼켜버린 사막에서도 식량은
떨어지지 않았군요 ―
                            하지만 나의 이정표여,
핸드폰에 찍힌 그대의 이름 석 자는
바로 내 진로를 바꿔놓는데, 여정을
뒤흔들어 놓는데, 무뚝뚝한 숫자의 언어로도
그대의 전화번호는 이렇게 방랑객의 가슴에
들불을 지피는데, 사나운 박자로 심장을
뒤흔드는데 ―
                            하물며 그대의 음성 메시지는
적진에서 살아남는 암호, 생환의 탈출로,
험한 폭풍우에 시달리는 난파선에 던져준
등대의 불빛, 야간비행의 관제탑일 수밖에,
그대 얼굴 허공에 그려보는 순간
나의 여행지도는 갈기갈기 찢길 수밖에.

14.

오늘도 어느 때나 다름없이 회사는 부글부글
끓는 추어탕 같은 형국 — 잘게
다져 놓은 얼굴, 듬성듬성 썰어 넣은 안경,
양념으로 얹어논 환상, 환멸, 환각,
한 그릇을 다 비워도 속은 여전히 출렁거린다.
하지만 이미 내 몸은 영구임대로 맡긴 터,
그래도 오늘은 설렁탕을 극복한 터.
매일매일 자판기 커피 같은 품팔이 생활,
일꾼 각자 주머니에서 커피값을 지불할 것!

부려먹은 주인에게 고개를 조아리며 밥값만
겨우 챙기고 나머지는 평생 외상,
이자마저 눈감아주니 절로 보람이 샘솟는다.

밥상을 물릴 때면 늘 깍두기가 남는다.
남은 깍두기와 내일 다시 만난다.

15.

그대의 잔잔한 노래, 은은한 곡조는
나에게는 금강경, 영한사전, 교통지도, 안내판,
코란, 논어, 맹자, 성경, 법전이기에,
그대는 죄인을 심문하는 엄숙한 재판관,
검은 가죽 투피스, 차갑고도 냉엄하게 —

"유부남으로 나를 사랑한 것은 도로교통법 위반,
증거인멸, 알선수뢰, 특정범죄 가중처벌, 등등,
이미 법대로 한 주인에게 팔린 노예가,
날 책임질 계획도, 자신도, 의향도
없는 주제에, 무슨 수작을, 신호위반을?"

내 죄는 내가 압니다, 내 죄가 나를
살립니다, 죄 때문에 죽었으나 죄 덕에 살아있습니다,
그대가 손수 벌하신다면, 그대의 채찍을
맞을 수만 있다면 — 모피조차 입지 않은 비너스여!

16.

붉은 입술 사이로 노려보는 하얀 이빨,
그 뒤에서 파도치듯 춤추는 날쌘 혀,
세 번의 입맞춤에 뻣뻣한 말보로 라이트도
이내 회색빛 연기로 항복을 선언하나,
잔인한 내 사랑은 입질을 멈추질 않는다.

보라색 귀걸이 위로 굽이굽이 동이 트다
그녀의 목덜미 알알이 호위하는 진주목걸이
저녁바다 기러기 소리에 이내 해가 지고,
도시의 불면증은 밤바다에 늘어진 달빛처럼
가로등 보초 선 찻길로 우리를 유인할 때,
은빛 반지 낀 손가락이 시선을 붙잡은 채
그녀의 두 손이 까칠까칠한 핸들을 애무하면,
숨가빠 타오르지 않을 엔진이 있으랴,
더욱이 그녀의 샌들이 페달을 부추기면?

17.

그대의 음성은 잔잔한 산정호수 물결,
그 위에 영혼을 맡긴 채 마냥 떠다니며
밤새 오렌지향 같은 숨결에 취하네,
그러다 아침 물안개 호수를 덮듯이
그대의 나른한 몸을 두 팔로 감싸네,
물새들이 먹이를 찾아 강물에 잠수하듯,
아, 그대의 가슴과 내 입술이 만나네,
갑작스런 북풍에 물살이 화들짝 뒤집히듯
그대의 몸 속에서 나는 밤새운 사랑의
카덴차에 전율하네, 둘러선 산들이 부스스
두 눈 비비며 우리의 뒤섞인 팔다리를
남은 안개로 살며시 덮어주면 우리는
산그늘에 숨어 아침해의 불호령을 피해서
한낮을 한밤처럼 서로의 꿈속을 탐험하네.

18.

사내들이 그녀를 에워쌀 때 참을 수 없다.
그녀가 사내들과 웃음을 나눠 마실 때,
목구멍까지 차오르는 질투를 되새김질하느라
탁자를 두 손으로 붙잡고 식은땀을 흘린다.
사내들이 그녀의 손을 쓰다듬을 때, 나는
어느새 두 주먹을 불끈 쥔 채 전쟁을
꿈꾼다, 창검이 부딪치는 싸움터로 달려간다.
사내들의 노래에 그녀의 목소리가 뒤엉킬 때
내 영혼은 갑작스런 정전으로 암흑에 잠긴
어두운 방안에 갇혀 출구를 못 찾는다.

밤새 계속되는 이 혹독한 고문 속에
나는 끝내 그녀 앞에 두 무릎 꿇고
마지막으로 챙겨두었던 자존심의 비상금마저 내주고는
줄지 않는 줄에 서서 차례를 기다린다.

19.

그대의 손톱 하얀 매니큐어에 입 맞추며,
두 발 감싼 날렵한 하이힐에 경배하며,
두 눈 포장한 보랏빛 아이섀도 속으로
나는 빠져들며, 감은 눈 다시 뜨면 그 안으로
한 발자국 한 걸음씩 미끄러지는 몽롱한 변신 —

햇살에 몸 맡긴 채 한나절을 바람에 날리면
백사장은 붉은 낙조로 화장을 고치며,
그대의 손길이 내 등에 낙인을 찍으면
나의 허리는 그대의 숨결 따라 전율하며,
어느덧 나는 네 발 달린 자동차로 변해서는
그대가 나를 휘감으면 급브레이크로 멈추다가
풀면 이내 급경사를 단숨에 오르다가,
전망대 갓길에 세워놓고 차 키마저 빼고 나면,
흐느끼듯 엔진을 식히며 죽음으로 돌아가다 —

20.

매를 맞지 않고서야, 그것도 떼거지로
뼈도 못 추리게 맞지 않고서야, 어디
대한민국 사내라고 하겠나, 어찌, 어찌!
무고한 자를 공연히 두드려 패보지
않고서 감히 대한민국의 법을 논한다고?
그냥 어쩌다 줄을 잘못 섰거나,
그냥 순전히 재수 없어서 맞거나,
부러지거나 쓰러지거나 깨지거나 총알받이로 죽거나
하지 않고서, 않고서야, 전혀 이 땅에서
불알 두 쪽, 고추 한 개 값을
한 게 아니라고 —
                              굳게 믿는 사촌 형님,
마석에 가구공장이 두 개, 일꾼은 모조리
수입 연수생, 방글라데시 사내들 손가락 좀
잘렸다고 질질 짤 때가 제일 질색이라며 —

21.

그대를 처음 만난 그날, 그달, 그해,
그 계절, 그대의 눈길에 점령당한 그 시간,
그 순간, 그대와의 만남을 살 수 있었던
이 가게, 이 동네, 이 도시, 이 나라를 통째로
축복하라, 아니 저주하라, 몽땅 철거하라,
이방나라 사랑의 신을 섬기는 신전들을
불태워라, 회복하자 주권! 길이 보전하세
사내들의 좆대! 헐어라 이 빌딩의 벽을!
고추장에 찍어먹는 한치포 안주로 변한
사랑의 신은 단두대로! 폭탄주에 숨어있는
에로스는 자폭하라! —
                          오직 그대의 노래만이
공사장 포크레인 소음 위에 우뚝 군림하게,
봉기의 환호성과 화염병의 불꽃놀이 속에서
그대의 영롱한 눈망울만이 홀로 승리하게.

22.

강남 밤길을 누비는 켄타우로스, 단,
그의 하반신은 육중한 말다리 대신
두툼한 돈주머니, 우람한 남성이 두근거릴
자리에는 빳빳한 실권 수표만이 오밀조밀
모여서 서로 엉덩이를 비벼댈 뿐.

그의 상반신은 어떠한가? 님프를 쫓느라
흐트러진 곱슬머리, 하늘에 대들듯 불끈
곧추선 두 뿔, 사내와 수말을 용접해 논
허리의 난삽한 털, 겨드랑이에서 풍기는
수컷의 걸걸한 향내, 가슴의 윤기—
이런 것은 일체 생략한 채, 우리의 켄타우로스는
아르마니 재킷 속에 숨겼던 카드를 건네고는
계산서에 휘갈긴 펜으로 정액을 쏘아댄다.

켄타우로스의 은행계좌를 샅샅이 핥아주는 님프들.

23.

장미 한 다발로 그대에게 달려가려 책상엔
서류로 바리케이드 올리고 일에 몰두하는 척
모니터 노려보며 인터넷 쇼핑몰을 배회한다.
나의 헌신이 그대에게 꽃향기로 받쳐지길
마우스로 점찍으며 컴퓨터 회로들에게 빈다.

하지만 장미향은 얼마나 갈까, 기껏
그대의 늦잠이나 깨워놓는 성가신 벨소리,
발신인을 확인한들 무슨 효험이 있겠나,
매연 뒤집어쓴 상자 속, 발목 잘린 꽃다발은
택배 오토바이 요란한 굉음에 압사 당해
이미 시체더미로 굳어져 있을 텐데,
그대의 발치에 널려있는 조공(朝貢) 사이에
어줍게 끼었다가 알아서 쓰레기통을 향해
고개 숙여 뒷걸음질치며 물러서고 말 텐데.

24.

직업은 컨설팅. 비결은 아버지 재산.
자동차는 3년이면 바꾼다. 경제를 위해.
애인은 2년, 적어도 3년이면 간다.
그 사이 걸리는 여자들은 챙겨 두었다가
딱히 할일 없는 시간 일회용으로 쓴다.
재활용도 물론 가능하다. 자원은 소중한 것.

하지만, 물론, 주고받은 돈, 옛정을 생각해서,
아내는 15년째 갈지 않고 있으니 이 얼마나
가상한가? 부인은 부인대로 연애생활에 몰두하니
이 어찌 고상하지 않은가? 아이들 학원은
토요일도 밤 10시까지, 나머지는 몽땅 내 시간.

친척 친지 앞에서는 오순도순 4인 가족.
일요일 밤에야 TV 앞에 나란히 앉는
잉꼬부부, 주말부부, 사는 집은 시가 15억.

25.

무슨 소용인가, 30여 년 원숭이 꼬리처럼

달고 다니던 가방끈이, 벽걸이 상장들이

반장완장, 사각모 졸업사진이, 대기업 명함이

무슨 소용인가, 지식을 뻐기던 안경알이,

사랑에게 눈을 잃은 채 앞을 보지 못하니,

앞은 보아도 장님이니, 그대 때문에,

보이는 것은 오직 그대의 얼굴뿐이니,

무슨 소용인가 숱한 강의와 교훈이,

선배들의 충고가, 들리는 건 오직 그대의

음성뿐이니, 다 무슨 소용인가, 그 비싼

등록금이, 과외비가, 아직도 버리지 않은

완전정복, 수학정석, 종합영어, 경제원론, 철학개론이,

앵무새처럼 외웠던 정답이, 내가 아는 것은

그대의 이름뿐이니 —

                "오빠, 그거 가명(假名)이잖아."

26.

"내가 한때는, 이래 뵈도, 옛날에는 말이야,"
사내는 찢어진 눈으로 반응을 살핀다.
"바로 이 동네가 내 고향이란 거 아냐—"
입술로 침방울이 도망나와 덩달아 두리번거린다.
"삼천 평, 청담동, 로데오 거리 이쪽 다—"
땅문서는 흰머리로 변해 정수리에 숨어있다.
"옛날에 저기 주유소쯤에 거름을 모아놓으면,"
주차장 나가는 검은 색 그랜저를 배웅하고는,
"파리 떼가 얼마나 꾀는지 말도 못했어,"
제복모자를 만지작거릴 때 새는 한숨.
"다 날렸지, 사람을 믿는 게 아니더구만."
하루살이 한 마리 사내의 안경을 점령한다.

망각의 물살을 서해로 토해내는 한강,
인감을 꿀꺽 삼켜먹고는 태연하게 흘러간다.

27.

건네는 술잔 사이 눈길은 탱고를 춘다.
붙었다 떨어졌다 돌아섰다 당겼다 달려가다
멈춰 서며, 죽은 소의 육신을 숯불에 지진다.

반쯤 꺼진 눈빛으로 불러내는 어린 시절,
담배연기 사이에 청순한 그대의 옛모습이
환영처럼 배어나니, 아, 그 많은 아픔을
어디에다 맡기랴? 일찍 온 젊음은 예전에
담보 잡혔고, 스쳐간 이름들은 이제
통장에조차 흔적도 없고, 마셔준 술병만이
그대의 몸 속에 깨진 유리조각으로 남았으니?

올림포스 산 꼭대기까지 강남 갈빗집 고기냄새가
전해질 리 만무하건만, 여신들도 가게를 내고
뜨내기 길손을 기다리건만, 과거를 태워보세,
적어도 이순간은, 고개 숙인 저녁장미여.

28.

손재주로만 보면 그는 쇼팽의 먼 친척은
되고도 남을 사람, 감정의 깊이로만
보면 그는 후기 베토벤 함머클라비에(Hammerklavier)도
능히 소화하고 남을 정도, 시대를
넘나들며 택견 발차기 하듯 유유히,
왼손은 오른손이 하는 일을 모를 정도이나,
그가 세상에 나올 때 몇 가지 서류가
미비했는지, 전생에 받아 둔 추천서를 잃어버렸는지,
새벽부터 밤늦게까지 공사판을 돌던 아버지,
아침이건 저녁이건 허리 펼 겨를 없던 어머니,
게다가 같은 주소 배정 받은 자잘한 동생들까지 ─

동네 스탠드바 웨이터하며 독습했다는 피아노,
파헬벨 카논을 손님 노래반주 사이에
끼워 넣으며 즉시, 열반에 든다.

29.

그대는 값진 보석, 산 속 밤하늘
별빛을 수놓은 눈부신 다이아몬드, 수천 년
바위 속에 숨어있던 그윽한 비밀, 미켈란젤로의
망치로도 조각해낼 수 없었던 아름다움의 비법.
한치도 틀림없는 기적 같은 그대의 미소가
새 세상을 선포할 때, 역사를 뒤엎을 때,
그대가 밟은 땅은 잠못 이루는 설렘에
때아닌 지진을 일삼고, 그대를 품지 못한
하늘은 격한 가슴을 소나기로 달래네.

그대는 이처럼 개벽인데, 어찌 그대를
소유하랴, 한줌 잿더미에 지나지 않는 이 몸이.
타는 순간 녹아버리는 촛불일 뿐인데,
계수나무 그늘 밑에서 쉬어 가는 길손이야,
수절하는 과부처럼 그대를 맘 속에 섬길밖에.

30

"분양 받아 팔아서 은행에 넣었다가 빼고
있던 주식 반만 팔고 나머지는 그냥 두고
대충 챙겨보니 이게 한 20억쯤 되는 기라."
아무리 넣다 빼고 사건 팔건 느는 건 빚만,
난 날리고 넌 받아먹는 게 시장원리냐?
내 본봉의 반쪽은 이자, 네 주머니로 옮겨갔냐?

"그 돈이 별 거 아니데, 차 바꾸고, 땅 좀 사고ㅡ"
1년에 1주일 휴가 빼곤 이씨 재벌 머슴살이,
별 거 아니데, 그놈의 연봉이고 뭐고ㅡ
"골프장 회원권에 뭐에, 금세 없어지는데,
돈이란 게 말이다, 만원이나 1억이나 10억이나ㅡ"
거기서 거기라고? 그 돈이 임자를 몰라보냐?

오장육부 다 꺼내 차려놓고 죽치고 기다리면
뭐하나, 목돈은 오늘도 오지 않는다는데.

31.

작별하고 뒤돌아서면 다시 그대 곁에 가 있고,
잊으려 눈감으면 더욱 그대 모습 선명하네.
떠나려 일어서면 어느덧 그대 품에 안겨 있고,
끊겠다며 입술 깨물면 한숨만 새어나네.

하지만 만나면 그순간이 바로 이별,
두 손 붙잡으면 이미 내 곁은 빈자리,
마주보고 눈맞추면 벌써 검은머리 뒷모습,
그대 이름 불러봐도 대답은 내 가슴 속 통곡.

마시면 마실수록 더욱 심해지는 갈증,
먹으면 먹을수록 더욱 속을 찢는 허기,
다가가면 다가갈수록 더욱 멀어지는 목적지,
도망하면 도망할수록 더욱 좁혀지는 올가미,
헤매면 헤맬수록 어김없는 귀착점은 그대.
반항하면 할수록 어김없는 내 주인은 그대.

32.

귀갓길 거슬러 발길 멋대로 떠도는데
갑자기 도시에 불이 나간다. 정전인가?
지나가던 버스는 그 자리에 멈춰서고 방금
눈에 띄던 승객들은 흔적이 없고,
주인 없는 차들의 엔진소리만 요란하니,
그 많던 젊은 몸들이 모조리 사라졌나!

정신을 추슬러 한 발자국 앞으로 내디디려는데
다리가 움직이지 않는다. 머리끝까지 질린 채
아래를 내려다본다. 길바닥에서 솟아난 새하얀
두 손의 족쇄가 내 발목에 채워진 것이다.
눈을 들어 앞뒤 사방을 돌아본다.
마치 벌판의 들꽃처럼 도시의 인도에
끝없이 펼쳐진 열 손가락. 몸은 잠긴 채
손만 남아 숨쉬는 밤 도시의 카니발.

33.

매일 아침 일어나면 저녁처럼 고단하고 한낮에도
밤샌 새벽처럼 몽롱한 게 사랑 탓이라기에,
이제는 사랑을 끊겠다고 회사 문을 나섰으나
공연히 끊었던 담배만 다시 피워 문다.

그대를 기억에서 지워버린다며 안경알을 닦지만,
내 혼을 녹여버린 그대의 입술만 더욱
촉촉하게 느껴지고, 그대의 노랫소리만 메아리치듯
스치는 바람에 실려 와 나를 에워싸니,
급기야 강변로 성난 자동차들 사이를
거슬러 되돌아가는구나, 그대에게로, 강물의 야유 속에,
도로 표지판의 욕설도 아랑곳 않고,
주인의 친숙한 휘파람 소리에 꼬리치며
달려가는 애완견처럼, 부질없는 싸움을 포기하고
후퇴하는구나, 차도 내던져둔 채 다리를 건너.

2부. 연옥 Purgatorio

Non veggio ove scampar mi possa omai;
sì lunga guerra i begli occhi mi fanno···
— Petrarca 107

이제는 어디로 피난할 수 있을지 모르겠구나,
저 아름다운 눈들이 이렇게도 오래 나와 전쟁을 하니···

34.

앞서거니 뒤서거니 발꿈치에 운율을 달고
청계산 능선에 올라 등에 밴 땀 식힐 때
갑자기 앞선 선배들이 흔적 없이 사라진다.
치솟는 물가와 곤두박질하는 인세수입에 질려
토스카나 키안티(Chianti) 언덕으로 돌아간 것이다.

이대로 버리고 떠나시면 나는 어떡하라고,
단테여, 페트라르카여, 한 맺힌 사랑의 사도들이여,
아직 산길을 반도 가지 못했는데?

하지만 피렌체의 대시인들은 등산화에 살갗이
벗겨진 소나무 뿌리의 아픔을 알지 못한다.
정의가 강물처럼 흐르지 않고, 강물은
마지막 물고기의 장례를 치르는 이 계곡에
오지 않는다, 아름다움의 값이 성가신
동전 몇 닢인 이 시장판을 노래할 줄 모른다.

35.

싸웠고 막았고 후퇴했고 다시 진격했으나,
이제는 창 꺾고 방패마저 내던진 채 맨 몸으로
그대에게 투항합니다, 나의 정복자여, 방어진은
무너졌소, 밀려오는 기병대에 나의 보병들은
하나둘씩 젊은 목숨을 내 주었소, 물려받은
조상들의 성곽을 지키지 못했소, 쌓아놓은
보물도 모두 그대 앞에 바치겠소, 이렇게,
현관에 무릎꿇고 고개 숙여 필요하다면 세 번,
네 번, 열 번이건 돌바닥에 이마로 박자를
맞춰드리리다—다만, 한 가지, 패장(敗將)의 청만은
들어주오, 다만 세 번째, 네 번째, 열 번째
자리에서라도 그대를 바라보게만 해주오, 돼지로
변해도 좋소, 강아지면 또 어떻소,
먼발치에서 그대의 용안만 볼 수 있다면.

36.

일요일 오후 반짝 개인 날씨에 어김없이
한강을 거슬러 찻길은 그대로 주차장이나,
단란한 가정을 확인하라는 판결을 집행한다.
핸들에 두 손이 묶인 데다가 아이의 짜증까지,
옆자리 안주인은 일주일 치 늦은 귀가의
빚을 계산하느라 여념이 없다. 이자까지
챙기기엔 남편은 영 시원찮은 담보물.
"누가 이런 애물단지를 내게 맡겨놓았어?"
아내의 눈길이 앞차 번호판에게 질문한다.
"주부란 죄수에 간수생활을 겸한 것을 몰랐어?"
이내 다시 켜지는 브레이크등의 답.

서로 눈길의 증거를 피하느라 나란히
앞만 보고 달리며 몰고 온 이 결혼,
양수리도 못 미쳐서 자가용은 취조실로 변한다.

37.

여기서 돌아서면, 이쯤에서 그만 떠나면,
비록 희망은 시들어도 야망은 살아남아
뒤처진 동료들을 사정없이 따돌리고 올라가,
빛나는 승리에 취해, 흠모와 질시를
그림자처럼 뒤에 달고, 흰머리 날릴 때까지 탄탄한
조직의 사다리 위에 우뚝 솟으리라 자신하건만 —

그대를 잊겠다는 선서를 하는 그순간
혀끝은 갈라지며 귓속을 맴도는 건 타버린
가슴 속 잿더미를 희롱하는 음산한 바람소리,
그대를 떠난다며 성큼 걸음을 내딛자마자
발목이 잘린 채 목발조차 찾지 못하고,
허둥대며 그대에게 돌아가려니 이미 몸은
불구, 허리춤 엽전도 게다가 동이 나고,
인색한 이 거리 물 한 모금 주는 이 없네.

38.

시험에는 제법 능한 당신과 나지만
우리가 틀린 문제들이 적지 않았네.
효도로 맺어진 부부란 옛날에 멸종됐고,
산부인과 분만실이 금실을 다져주지 않으며,
월급통장 내준 것으로 정년보장이 아니되고,
일주일 정기외식, 휴가철 콘도예약, 제사마다
명절마다 앞치마 야무진 며느리 노동,
처갓집 행사마다 빠짐 없는 뒤처리 담당,
동서, 시누이, 시숙, 처남, 처형까지
두루두루 만나면 함박웃음, 우애를 꾸며본들,
결국 언젠가 떨어질 유산 우리몫을
부지런히 늘려온 것 외에는 아무것도 아니라는 ─

이런 정답을 모조리 놓치고서야 어떻게
모범생 부부로 전교 1등을 유지하겠나.

39.

새들도 가로수와 저녁인사 나누고 떠나가면
밤새 불면증에 시달리는 냉장고 모터소리만
시계의 초침과 끝없이 부부싸움을 반복한다.
나는 낮에는 시지푸스 밤에는 프로메테우스,
소파에 묶인 채 내 간을 먹여 독수리를
키우거나, 거실 한구석에 서당을 차리고
아파트 철문 열쇠구멍에게 독백을 가르치거나,
고독의 언어로 그대에게 전화하거나, 겨울나무
앙상한 가지와 속삭이는 바람의 문법으로
외로운 사내의 숨죽인 울음소리 풀어내어
사랑의 쓰라림이 가르쳐준 외국어로 번역한다.

그대도 나처럼 침묵으로 대화할 것이기에,
불꺼진 원룸 벽에 흐느낌으로 묵화를 치다
고독이 문 두드리면 눈길로만 문을 열 것이기에.

40.

아니야, 당신이 옳아, 할말은 없어.
말한들 무엇하나, 변론이 무슨 소용, 끝났음을
맹세한들 역사가 바뀌겠나, 모든 게 사실이네,
버리려면 버리시게, 가두려면 가두시게, 아니,
바꾸려면 바꾸고, 아마 환불도 가능할 걸?
아무렴 어떤가, 컨테이너 화물차로 배달되는
물건일 뿐인데, 스티로폼 포장까지 완벽하게
어차피 내몸은 견적서에 묶여 있잖아,
안 쓸 거면 그대로 다시 보내던가, 창고
한구석에서 먼지를 벗삼아 지낸들 무슨 상관,
사지를 가지런히 접어서 봉투에 넣어줄 테니,
다 가지시게 한 가지만 남겨두고 ─ 내 침묵만은,
말은 면제해주게, 내 혀는 입 속에서 쉬게 ─

아니면 혀도 덤으로 썰어 드릴까?

41.

그대 떠난 빈자리에서 나를 노려보는 것은
열정을 혐오하는 시간의 수갑, 화사한
커피숍의 밝은 인테리어는 갑자기 페인트조차
칠하지 않은 감방으로, 창문 하나
나지 않은 적막한 독방으로 일순간 바뀐다.

이대로 나를 잠그시나, 다음 면회는
언제인가, 몇 년을 더 살아야 석방인가,
이 그리움의 옥살이, 기약 없는 감금에서?

두 눈 감은 채 기억의 호주머니를 뒤져서
그대의 초승달같이 가녀린 눈웃음을 불러낸다.
두 손으로 얼굴을 감싼 채 숨을 아끼며
그대의 손길이 남긴 향기를 수색한다.
하지만 후각은 이내 철문을 내리고,
추억의 철창에는 단단한 자물쇠만 채워진다.

42.

이 길이 일방통행일 줄 전혀 알지 못했다고,
나가면 다시 들어올 수 없는 램프인 줄,
한 번 맞으면 끊을 수 없는 마약 주사인 줄,
들어오는 순간 바로 무기형인 감옥인 줄,
차마 몰랐다고 변명하기엔 너무 늦었다,
이미 내몸을 실은 나룻배는 비틀거리며
망각의 강 칠흑 같은 물살에 장단 맞추니,
어차피 내 혼은 강바람에 시달리는 연 —
달리는 기차에 갇힌 채 터널로 돌진했으니,
이제 와서 후진한들, 단호히 유턴해 본들,
주사바늘 꺾은들, 뱃머리를 내손으로 돌려본들,
세찬 북풍에 풍선처럼 떠 올라가는 내 혼과
발라먹은 생선가시 같은 내몸이 어떻게
만나겠나, 타고남은 잿더미 같은 이 몸이?

43.

지도를 펼쳐놓고 그대의 흔적을 추적하네.
신문을 뒤지고 뉴스의 볼륨을 올려놓고
당신의 근황을 매일매일 24시간 갈구하네.
정보원을 풀고, 인터넷 게시판에도 모조리
올라가선 당신에게 다가갈 통로를 탐색하네.
맹세코 당신을 찾아내리라 굳게 다짐하며
손가락을 갈라, 혈서를 쓰고 또 쓰려니
손가락 상처는 벌써 썩기 시작하네.

급기야 맨발로 달려나가 그대의 발자취를
밤새 쫓다보니 어느덧 출근길 아우성에
얼굴을 씻고 있고, 다시 하루 치 먼지로
배를 채우다 겨우 손에 쥔 난수표,
순간 풀린 수수께끼는 끔찍한 진실 ―
밤마다 계속된 야간전투에 대장이 쓰러졌나?

44.

대답 없는 질문 그 자체가 해답이라,
맥없는 손길에 보름 묵은 애간장으로
오늘도 메시지라도 남기려 핸드폰을 든다.
그녀의 반달모양 숨결이 묻어있는 후렴,
목잠긴 고음에 파묻히고파 —

　　　　　　　　　　　하지만 녹음된
목소리는 고객의 부재만을 알릴 뿐, "무엇을
해줄까, 내가 뭘 하면 되겠니?" 물어봐도,
침대에 묶여 식도에 줄을 넣은 사람은
말이 없는 법, 내 위가 내것이 아닐 때는,
속을 내줘 모은 돈 말끔히 병원에 바칠 때는.

젊음으로 갚은 이자, 원금은 목숨과 맞바꾸라니,
아, 당장 달려가리라, 모두 내던지리라,
나를 묶는 올가미들, 끈질긴 족쇄여,
놓아다오! 놓아다오! 이제 그만 놓아다오!

45.

독재의 망령이 그대를 덮쳤구나. 한밤중에
문을 발로 걷어차다, 급기야 가죽옷들은
창문을 깬다, 흙발로 문지방을 넘어선다,
사정없이 머리채를 낚아챈다, 황급한 비명을
묵살하며 그대의 배를 군화발로 걷어찬다,
길에서 대기하던 백차는 도시의 검은
터널로 그대를 끌고 간다. 전구 하나로
천장을 가린 창백한 밀실에 내던지고는,
"이름, 나이, 직업, 주소, 보호자?"
도시는 해가 진 지 오랜데도 선글라스를 벗지 않고
속옷까지 그대를 벗겨놓고 비밀조직을 파헤친다.

검은 가죽잠바를 하얀 가운으로 갈아입었고,
물 먹이던 욕실에 주사약병 거는 고리를 달았을 뿐,
독재의 망령이 이토록 시퍼렇게 살아있다니.

46.

"이 에미 속을 이렇게까지 썩여야겠니, 니가?"
어머니, 제 속이 벌써 썩어있는 걸 모른 채
살아온 반쪽 인생은 누가 변상해주나요,
키우신 노고 갚고 싶으나 제 가슴은
전쟁과 가뭄에 뼈만 남은 겨울 들판,
맘껏 달려나 보게 내버려두시지요.

"정말 그것밖에 안 되는 놈이냐, 너는?"
아버지, 한 번만이라도 솔직해 지시지요, 아니면
평생을 바쳐 꼬박꼬박 뒤로 챙겨놓으신
나라재산에 만족하시지요, 새로 바꾸신
골프채로 위안을 삼으시지요, 멋진 아이언샷으로
잊으시지요, 투자엔 리스크가 따르는 거 아닌가요.

"그래도 우리 종손, 아기는 우리가 ─"
제사상이 그렇게도 아쉬울 것 같으세요, 저승에서도?

47.

"너무 아파, 너무 억울해, 너무나 …
도대체 무슨 죄를 지었기에 내가 이렇게 …"
말을 잇지 못하는 그대, 벌써
주사바늘 꽂은 팔뚝에 고문자국이 선명하다.
"시집가서 애 키우며 평범하게 살고 싶었는데 …"
아비 없이 자란 원수를 내가 대신 갚아줄게.
"아니에요 … 고마웠어요 … 이제 … 오지 마, 다시는 …"
제발 가라고 하지만은 말아, 밤새,
내일도, 모래도, 끝까지 곁에서 지킬게,
야비한 병마의 습격을 육탄전으로라도 막아줄게,
내 삶이 죽음인 줄 깨닫게 해준 은인,
그대 없는 삶은 이미 죽음인데 어떻게?

부활의 순간 다시 죽음으로 돌아가라면
이 죽음을 죽어서라도 그대를 만날 수밖에.

48.

혈관에 스며든 아스팔트의 검은 찌꺼기가
허파에 올가미를 감아 조금씩 조일 때,
숨막힌 외마디로 운율의 박자를 맞춰보나
텅 빈 아파트 벽을 두드리는 소리는
길 건너 공사장의 살기 어린 파열음뿐.
벽마다 시체를 숨긴 이 사각형 빌딩들
그 어느 구석을 비유의 페인트로 칠하리요?

잔인한 뮤즈여, 암울한 시의 여신이여,
어찌 그대는 오직 내 몸과 혼 사이를
칼날로 저미고 나서만 찾아주는가?
오직 쾨쾨한 주검의 냄새가 이 저녁
빌딩 창문마다 달라붙는 시간에만 오는가?
하얀 코카인가루 같은 냉혹한 뮤즈여
내 영혼에 주사바늘을 더 이상 꽂지 마라!

49.

바로 그렇기에 지금 그대에게 가려 하네,
산들바람 불어오고 향내 진동하는 꽃동산에서
뛰어 놀며 봄날 정취에 젖을 수 없기에,
나는 상처자국 가득한 가슴만이 자랑이기에,
젊음은 어느덧 동이 나고, 나를 닮은 내 자식도
곁에 두지 못하는 도망자이기에, 먹다 남은 해장국
찌꺼기로나 내 인생의 중간정산이 가능하기에,
그대가 화장품의 무기를 모두 반납하고
창백한 얼굴로 병원 수의에 갇힌 채
늘어진 주사바늘, 떨어지는 약방울 눈치보며
고통의 시간과 박자 맞추는 바로 지금,
병원 아래 진동하는 밤도시의 아우성을 잠재울
자장가로 그대에게 내 갈라진 영혼을 바치려고
지친 이 몸으로라도 그대를 살포시 덮어주려고.

50.

4동 1302호, 정확히 2분의 1로 잘라서
각자 반쪽씩 등에 지고 살림을 마감한다.
건물의 붕괴위험은 없다, 안전진단에 의하면.
재건축은 아직 시기상조다, 부동산뉴스에 의하면.
가구마다 세대마다 모두 반으로 나눠놓으면
경제에는 긍정적인 효과란다, 경제신문에 의하면.

1303호도 우리처럼 접시부터 깨기 시작했다.
먼저 유리잔을 던지는 게 가장 무난하다.
간간이 아이 울음소리가 섞여야 제격이다.
막상 아파트 한 채 둘로 나누기는
식은 죽 먹기보다도 쉬운 일, 부엌을
뒤집는 것이 공법이기는 하나 바쁘면
바로 인테리어를 불러도 좋다, 급하면.

문짝마다 두 개로 가라놓으면 얼마나 깔끔하다고.

51.

문은 닫히고 전화조차 받지 않으니
옥상에 올라앉아 처자식과 멀리서 작별한다.
이때 갑자기 뱃살을 뚫는 통증이!
이것이 어찌된 일인가, 드라큘라 백작이
죽창에 꽂아 나를 들어올린 게 아닌가!
한순간 비명조차 지를 틈 없이, 파르르,
우리 동 아파트 엘리베이터 타워 위에서
사지를 떨며 매달려 있는 것이다.
비둘기집을 넘나든 값을 치르는 것이다.

"각 비둘기들은 오직 주어진 호수에서만
배설할 것. 아니면 반상회의 수다스런
심판을 면하기 어려우리!"
                          하지만 창자를
파고들며 찢는 이 잔인한 형틀에서야 드디어,
그대의 고통과 하나되는 희열을 맛보다니.

52.

오와 열 정연하게 조직에 몸 바치며,
새 명찰 달고서 옆사람에 발 맞추며,
죽은 채로 살아가는 한평생의 업.
산 채로 선 채로, 그 자리가 그대로 무덤,
매일 우직하게 조금씩 죽어가는 목숨.
젊음의 분노를 삭이며 모아둔 적금이
겨우 한 평 묏자리도 될까 말까,
소년의 몽정자국을 깨알같은 수학풀이로 닦아낸
상급은 더블 침대 반쪽에서 자는
오붓한 생매장 ―
                  다시 모여 주먹 쥐고
옛노래를 불러본들 무엇이 얼마나 달라질까,
어깨동무 나란히 목놓아 외치며 항변한들.
같이 달린다고 희망을 만날 리가 있겠나.
힘께 버틴다고 썩지 않을 도리가 있겠나.

53.

옛말이 틀리지 않았다, 돌아서면 남남이라.
집안, 성격, 배경, 안성맞춤이었다는데.
최종결론은 나란히 붙어있는 도장자국.
그래도 작별의 예의는 갖추려 했으나
아내는 인사도 없이 택시에 올라탔다.
부디 잘 사시게, 양육비는 꼬박꼬박 보낼 테니.

벌써 1년이 넘게, 하루치씩 새로
사랑의 돌탑을 쌓게 한 그대, 내 셔츠에
립스틱 자국으로 도장찍은 그대 내 주인이여,
형기를 마치고, 모든 벌을 다 받고 나서
그대에게 달려가는데 왜 문을 열지 않나?
왜 자물쇠를 잠그는가, 쓰러진 영혼끼리
이제는 한몸이 될 텐데, 다리는 무너졌어도
차가운 강물을 함께 헤엄쳐 건널 텐데.

54.

이 땅의 가을은 피비린내를 지우지 못한다.
한낮 햇살에 저격당한 가로수의 등골에
겨울바람의 전령들은 예리한 총검을 꽂고,
길바닥으로 내몰린 낙엽은 고아들처럼 한구석에서
서로 부둥켜안은 채 숨죽여 훌쩍일 때,
검은 구름은 하늘 위에서 폭격을 준비하고,
지저귀는 새들의 염불을 학살한 헬리콥터는
날렵한 기관총으로 꿈의 흔적을 소탕한다.

아메리카식 살인을 구경하러 줄을 선 혼령들,
아메리카산 악몽에 뒤늦게 빠져든 원귀들.
그 자들이 먹다버린 찌꺼기로 부대찌개 만들어먹고
그 자들이 씹다 버린 껌을 받아 씹는 잡귀들.

전쟁이 끝나지 않은 반도땅 반토막에서
가을이 온들 어찌 감상에 젖으리요?

55.

시작을 위해 끝내려 했는데 그대의
끝이 이미 시작됐고, 벌써 도착지가
눈앞에 임박했음에도 우리의 차표는 같지
않고, 나의 종착역인 그대는 다시
돌아올 수 없는 여정에 몸을 싣고,
나는 갈아탈 막차를 놓쳐 버리고
철길의 추궁을 피해 몸을 숨기니,
그렇게 갈구하던 해방이 남루하기 짝이 없다.

전철역 화장실 벽 앞에서 참선에 들어간다.
다 버렸는데도, 내려놓고 떠나왔는데도, 그대를
붙잡을 수 없는 이유를 처절한 눈빛으로
흰 벽에게 묻는다.
                         즉각 나온 대답인즉,
"거래는 매번 말끔히 끝냈잖아, 왜.
받은 돈은 모두 영수증 써 줬고."

56.

깔딱고개 오르다 산중턱 바위에 주저앉아
가쁜 숨 나눠 쉬며 밑에서 진땀 빼는 객들에게
뻐긴다, 다리품값 챙기느라 전망을 둘러보며 —
도시를 초월하기가 이렇게 쉬운 것을.
그러다 등돌려 정상을 단숨에 정복한다며
발길 재촉하는데, 등뒤에 달라붙는 인기척,
가면 갈수록, 땀이 흐르면 흐를수록
웅성거리는 사내들 소리에 배낭이 무거워지더니 —

뒤끝을 볼 수 없게 한없이 늘어진 행렬.
어제, 지난 주, 저번 달, 작년, 2년 전,
아니 대학 때, 고등학생, 중학생 시절의
내 몸들이 한 걸음 더 오르면 한시절 더 뒤로
밀리며 계속 쫓아 오르는 것이 아닌가,
오를 수도 없고 띠날 수도 없는 이 산에서!

57.

강물에 넋을 내준 유령 같은 나에게
그대는 이 도시의 심장이었으니, 갑자기 숨이 멎은
길거리를 걸으며 살아남을 재주를 궁리하나,
벌써 살 썩는 역한 냄새가 사방에
진동한다. 주문이 밀린 구더기들의 행렬이
빌딩 창문마다 녹아내린 아이섀도 화장처럼
긴 휘장을 친 것이다. 어떻게 이 학살을
견뎌낼까. 창백한 주검의 색조가 하늘을
온통 도배하고, 허파까지 파고드는 배기가스의
내시경에 아껴둔 목숨의 마지막 잔돈마저
빼앗기니, 아, 여인이여, 그대가 쓰러지자
비탄의 안개가 빌딩 옥상마다 내려앉고,
산마다 계곡마다 구성진 곡소리 메아리치고,
한강 다리마다 피울음 통곡으로 요동치네.

58.

굳이 사표가 필요 없는 줄 알면서도
절차는 밟았다. 월요일부터 늦잠 자는
재미도 벌써 시들하다. 집 앞 건설현장
소음에, 겨우 붙잡은 새벽잠마저 빼앗기면
씻지 않은 커피잔에 다시 물을 붓는다.

찻길 나가는 길목, 유치원이 문제다.
잔치에 초대받지 못한 구경꾼처럼 힐금
곁눈질을 하며, 아들 생각에 시달릴까 봐,
어린 눈망울들의 영롱한 거울 앞에 들통날까 봐,
뒷걸음치듯 발길을 끈다. 하지만 솔직히
배밀이, 보행기, 걸음마 시절 내내 언제는
제대로 아비였던가, 생소한 가족외출에 불쑥
끼는 퉁명스런 사내이었을 뿐, 하긴
굳이 내 정액이 아니어도 됐을 일.

59.

그대가 없음을, 그대가 갇혀있음을 알지만
여전히 그대를 찾아 길거리를 헤매며,
벽마다 기둥마다 게시판마다 상한 가슴으로
찍어낸 광고지를 붙여놓고 그대를 찾으며,
옆에 지나가는 자동차 안을 일일이
검문하다 때로는 신호를 두 개씩 놓치며,
지하철 갈아타는 급박한 행렬을 맨몸으로
막고서 그대의 이름을 소리 없이 뇌까리며 —
그것도 안 되면 약국마다 한의원마다 문 두드리며
혹시 그대를 불러낼 묘약은 없는지
묻고 또 묻다가, 닫혀진 철문 앞에
주저앉곤 하다가, 지나가는 행인들에게 눈길로
부탁을 해보나 이 도시에서 누가 그대를
내게 데려다 주리오, 밤새 구걸한들 —

60.

두 발에 붙어 있고 속속들이 내 몸 속에 스며 있는
내가 자란 이 도시, 길거리 등지고
방안에 갇혀있기를 벌써 삼일째, 라면도
떨어지고, 담배마저 위태로우니 논리를 개발한다.

갈라진 사람만이 진정한 사랑을 맛보고
찢어진 가슴만이 만남의 기쁨에 감격하고
남기지 않는 낭비가 진정한 승리라고,
스스로 위로하며 일어서서 거울을 보나,
어찌된 일인가, 내 몸이 온데 간데 없으니!

그래도 생존을 위해 신발 신고 문을 연다,
계단을 내려간다, 길거리에 나온다, 그러나
아니다, 나는 여전히 문지방에 서 있다,
그것도 아니다. 변한 것이다. 내 손은 문고리로,
다리는 철문으로, 눈은 뒤틀린 열쇠구멍으로.

61.

내가 그대의 향기조차 기억하지 못할 때
도시는 더 이상 내게 말하지 않는다,
그대의 눈빛을 꿈에서도 만나지 못하자
가로등의 신호는 이젠 외국어나 다름없다.
그대가 가르쳐준 사랑노래 가사마저 잊어버리자
내 귀에 들리는 것은 시계의 초침소리뿐.
나는 내 이름도 알지 못하는 백치처럼
터벅터벅, 88도로 갓길을 홀로 걸으며,
눈알 부릅뜨고 사납게 돌진하는 화물트럭의
음란한 배설물, 그 디젤 냄새 속에서
게걸스런 바퀴의 노리개로 점차 변한다.

얼마나 더 걸어야 그대에게 도달할까,
얼마나 더 다쳐야 그대에게 실려갈까,
얼마나 더 아파야 그대 몸과 하나 될까.

62.

벌써 밤을 샜나 — 아무럼 어떠리,
내게 남은 것이란 어둠이 전부이니.
다시 해질 때까지 잠이나 자두려는데, 아니,
웬일로 불현듯 손님이 좁은 방을 메웠나?

"휘두르는 일본도에 내 목은 그냥 날아가고,
처자식은 미국비행기 기관총에 딴세상으로 갔어."
그랬군요, 혼령님, 앉아서 한 잔 받으시지요.
"여기는 우리 땅이다! 대한독립 만세!", 옳거니,
거기도 한 잔 쭈-욱, 입 벌린 채 굳어버린
청년 귀신님 — 아니 이 분은 혹시
우리 할아버지? "먹고살려니 할 수 없이 동포를" —
그때 갑자기 "잘 살아보세!" 노래 소리 퍼지며
쏟아지는 초콜릿, 코카콜라의 무지막지한 공습.

낮 주인이 온 것이다. 우리는 밤에만 살아있다.

63.

얼마나 깨어있었던가 그때, 찬바람에 얼굴 씻고
청담동 언덕길을 손잡고 나란히 걸으며,
쩨쩨한 손목시계의 안달을 발끝으로 걸어차며,
속 좁은 주민등록증의 흘겨대는 눈총을 짓뭉개며,
하객 하나 부르지 않았으나, 면사포는 그대의
하얀 스카프, 장단은 우리 둘 목소리의
깍지 낀 이중창, 주례는 셔터 내린
카페 간판의 차가운 불빛, 던져 버린
머슴의 멍에 거들떠보지 않았던 그때,
떠나지 않았기에 끝나지 않았던 신혼여행,
그순간이 전부이었기에 차릴 신방 없었던
살림, 모인 재산이란 쌓이는 그리움뿐이던
그때, 택시에 몸을 싣고 그대를
차창 밖으로 돌아볼 때, 얼마나 살아있었던가?

64.

우면산 200계단 올라와 도시와 눈 맞춰도,
대모산 산길에 안겨 응석 부려도,
관악산 돌 바위들 두 손으로 애무하며 땀빼도,
능선마다 정상마다, 나를 기다리는 빚쟁이,
도저히 넘을 길 없는 외로움의 암벽.
약수터 물로 타는 목 달래보나 그리움의 갈증은
식도 위벽 내장에까지 칼부림을 해댄다.

산 오를 때 내내 구름 뒤에 갇혀있던 햇살이
뒤늦게 풀려나자마자 이제는 쌀쌀한 저녁바람이
나그네 등에 냅다 발길질을 해댄다.
능선 왼쪽은 이미 어둠에 함락되었다.
하지만 저 아래 네온사인들에게 손들고 투항하건,
산에 남아 끝까지 저항하건 무슨 상관이랴,
내 사랑을 삼킨 도시는 어차피 포로수용소인데.

65.

그대를 못 만나는 이 도시에 무엇 하러 남겠나,
내 영혼은 구겨진 휴지조각, 가슴은 쓰레기통,
숨쉬기조차 힘이 겨워, 이제는 떠나려 하네,
밤 도시의 마약을 끊고, 허공에 뜬 돈놀이도
이제는 집어치우려고, 다 놓아두고, 내려놓고,
죽음의 영업사원들의 집요한 추적을 피해
이 도시를 떠난 그대처럼, 나 역시 가려하네,
이제는 밤거리 찻소리와도 화음이 안 맞기에,
매연만 목에 차오르기에, 더욱이 집들은
열쇠, 보조키, 비밀번호가 모조리 바뀌었기에,
팔짱끼고 나를 노려보는 빌딩 사이로
숨어보나, 눈 부릅뜬 간판들 짖어대는 소리에
또다시 쫓기는 신세로 돌아설 바에야,
망명길 떠나려네, 바다 건너 하늘 위로, 나 홀로.

66.

사랑의 상처를 도산공원 산책로 개똥만큼도
쳐주지 않는 이곳에서 추억을 뒤져본들
무슨 소용이랴, 우리의 발길로 다졌던
갓 덮은 보도블록, 벌써 몇 번을 깨고
새로 간 이 거리가 우리를 기억할 리 있겠나?

억누른 눈물처럼 건물마다 맺힌 네온사인이
에로스의 탄피들을 찾느라 두리번거리던 골목에서,
싸늘한 작별의 냉기에 온몸이 굳어갈 때
일순간 돌격하는 자동차의 기습공격 으르렁거리며
사정없이 채찍질 해대던 이 콘크리트 벌판에서,
왜 그토록 애절했던가, 샘솟는 희열이었던가?

죽음을 면제받은 듯 활개치는 젊은이들 미행하며,
씹다 버린 껌저럼 비려논 눈길을 주우며,
문닫은 도시의 뒷문으로, 퇴장하고 말 것을.

3부. 낙원 Paradiso

Così davanti a' colpi de la morte
fuggo, ma non sì ratto che 'l desio
meco non venga···
— Petrarca 18

이렇게 나는 죽음의 공격 앞에서 달려 도망가나,
내 욕망도 나와 함께 오지 못할 정도로 빠르진 못하니···

67.

홀연히 이 짙은 어두움을 타고 다가와
벽에 어른거리는 촛불 그림자로 손짓하는
그대, 떠났으나 곁에서 한 발자국 한 박자씩
여기까지 나를 이끈 정숙한 여인이여,
누가 그대에게 손가락질하는가, 고결한 그대의
영혼을 장작불에 태우는가, 그대의 살결을
돌팔매질로 뭉개는가, 방랑하는 가객의 피난처여!

그대를 달래려 새 노래, 새 악보를 펼치고
손때 묻은 악기를 두 팔로 보듬어
왼손의 떨리는 꿈으로 프렐류드를 바치고,
오른손의 숨가쁜 트레몰로로 애원을 전하며,
부서지는 화음의 모닥불로 그대에게 편지할 때,
그대는 밤하늘 구름 뒤를 하얗게 색칠하는
새벽 보름달의 번진 눈물로 화답하네.

68.

이별은 얼마나 성급한가, 얼마나 인색한가,
정말 마지막으로 해야할 말도 미처
마치지도 못한 채, 서로의 눈빛에 징표를
남기려 발버둥치는 순간, 눈물이 필요하다면
눈물 맺힌 붉은 눈으로, 아니
미소를 원하면, 눈빛을 녹여 달콤한
추억의 향기를 흘려주련만, 이미 문은
열리고, 호령하는 엔진은 목덜미를 낚아채니,
이별은 얼마나 조급한가, 아직 우리가
처음 만날 때 했어야 할 말을 꺼내지도
못했는데, 함께 걸었던 발자취 위에
세월의 검은 쓰레기 봉지만 쌓아놓으니 —

비닐봉지 하나 썩는 데 몇십 년이 걸리나
사랑의 손때 묻은 추억은 몇 년을 버티나.

69.

게걸스런 병마는 그대의 연한 살점을

썰어먹으며 물릴 줄 모르는 식욕을 채울 때,

그대가 잔을 들어 축복하면 어린아이처럼 뛰어놀던

그 많던 사내들은 모조리 굴속으로 기어들어가

방탄복에 방독면까지 뒤집어쓴 채 그대를 외면할 때,

나 홀로, 그대의 미소 가슴에 품은 채

나의 맥박 속에서 그대가 평안히 숨쉬도록,

그대를 살리지 못해도 내 눈 안에 살아있는

그대의 숭고한 형상을 고이 간직하려,

그대를 내 맘 속 제단에 고스란히 보존하려,

떠나네, 이 바다를 건너 또 다른 바다로,

떠가네, 이 하늘을 날아가 또 다른 하늘로.

비행기 창밖에는 바람에 날리는 연인들.

구름바다 가득 배운 더고남은 몸들의 흐느낌.

70.

남반구 항구도시 시드니와 동거에 들어간다.
밤새운 제트기 엔진소리에 마취되어 곧장
몸을 섞고 혼을 환전한다, 동전까지.
북반구 매연이 채워놓은 인연의 수갑을
내던지고 나아간다 바닷물에 머리감는 이 도시로.
그러다가 마주친 말발굽 모양의 서큘러 키(Circular Quay),
오페라하우스 하얀 곡선에 추파를 던지며
얼음 치마로 하체 숨긴 샤도네 옆에 끼고
주머니에 남은 탄약을 연신 주물러대며
소유권 주장하느라 잔을 들어 거창하게
한 모금 마신 후 통통한 생굴을 한 입에
넣자마자 — 은은한 태평양 바람에 달궈진
뜨거운 정오 햇빛만 남겨둔 채, 동거녀는
벌써 다른 손님과 눈이 맞아 가버렸다.

71.

넘실대는 물결로 허리를 감싸는 센느강,
퐁뇌프(Pont Neuf) 건너다 날렵한 파리의 맵시에
다리가 떨어지지 않는다. 오른쪽으로 돌아가
길거리 악사들의 집시음악 공연이나 마저 볼까,
왼쪽으로 건너가 생미셸(St Michel) 군중 속에 빠질까,
인생의 고민이 이토록 즐겁기만 했으면,
게다가 그대가 지금 내 곁에 있었다면.

노틀담 불 켜지기 기다리며 카페에 그대와
마주 앉아 로제 한 잔으로 속을 깨운 다음,
지저귀는 가로수 새들에게 통역을 맡겨놓고
노릇한 소스 밑에 수줍게 몸을 숨긴 생선살에,
갓 튀긴 감자에게 씩씩거리며 대드는 스테이크에,
흰색 붉은 색 와인 색 바꿔가며, 이따금
구석에 내몰린 빵이나 날랠 수 있었다면.

72.

골목길 위로 오렌지 나무 두 그루가 질문을
던지자, 하얀 벽에 기대선 야자수는
지나가는 마차 말발굽으로 답변을 대신한다.
오후 세비야 낮잠에서 마지못해 깨어날 때
베네딕트 수도원의 둥근 돔에서 열여섯 번
깐깐한 종소리로 시험시간이 시작됐음을 알린다.
"상반된 기후의 대조만으로는 사랑의 상처를
치유할 수 없는 이유를 간략히 논하시오."

서울은 이맘때쯤 일 년 치 묵은 때를 장맛비로
씻어내며, 잠수교 꿀꺽 삼킨 한강물은 밀려온
쓰레기 더미에게 배 뒤집은 물고기를 반찬으로
던져 주기 때문에, 게다가, 죽음의 전령들은
한 여인의 속을 누비고 다니기 때문에,
핏줄마다 총칼로 낙서를 해대기 때문에.

73.

호흡은 끊길 듯, 숨은 넘어갈 듯, 어느새

다시 또 내딛는 힘찬 발걸음,

말발굽 소리마저 사라진 벌판에 남은 것은,

검게 그을린 소몰이꾼의 쾨쾨한 땀냄새,

밀라노 뒷골목에서 다시 듣는 피아솔라(Piazzolla),

날렵한 검은 색 하이힐로 무장한 바이올린을

뒤쫓아 반도네온(bandoneon)은 바삐 스텝을 밟다가,

둘이 하나로 뒤엉키자 화음의 열쇠를

찾느라 분주하다.

　　　　　　　　　얼마 만에 들었던 음성이었나,

그것이 마지막인가, 나지막한 울음에 목이 젖어

말을 잇지 못하던 그대의 전화 목소리.

불꺼진 호텔방, 나의 파트너는 내 자신의

그림자, 그러나 춤을 멈추지 않으리,

탱고는 불탄 가슴에겐 마지막 항암제이기에.

74.

마시기도 참 많은 술을 마셨으나 지금
탁자 위 잔에는 보들레르를 달랬던 검붉은
생떼밀리옹(St Emilion), 삼 년의 죽음 끝에 부활하는 향기.
만나기도 참 많은 얼굴을 만났으나 지금은
철지난 자갈해변, 태양은 잠에 취해 쓰러졌고
나는 고독과 사귀느라 사지가 나른하고.

수없이 흥분하고 분노했으나, 울기도 속절없이,
얼굴 없는 이름들 핑계 대며 어깨를 적셨으나,
여기 이역만리 밤파도에 실려오는 소식은
술 취한 고함소리, 숨 빠른 외국어 농담뿐.

열정의 기억을 치즈 한 조각으로 썰어내다,
이내 절박해져 유리잔과 프렌치키스를 한다.
어디에서 보르도의 가을햇살 같은 내 사랑의
눈길을 불러낼까, 혀끝으로 더듬어 찾으며.

75.

꿈속에서 나는 아드리아해 구름으로 변한 채
밤하늘에 길게 누워 한없이 그대에게 쏟아지네.
그러다 뱀처럼 늘어지며 그대에게 흘러가는
물길로 변신하자, 그대의 곤돌라는 건물 사이
사라지고 나는 리알토(Rialto) 다리 뛰어올라
그대를 찾아보네, 질펀한 겨울 베네치아,
장화 신은 발로 운하를 몇 개나 더 건넜을까,
마침내 산마르코(San Marco) 에 돌아오니 그대는 이미
성당의 금빛 모자이크로, 생명은 반납한
보석 눈빛으로 천장을 장식하네, 그 자리에서
그대를 감상하느라 두 발이 굳은 나,
두 다리가 저려오고 허리에 냉기가 돌더니,
고개 쳐든 석상으로 어느덧 변해 있었네,
눈길은 영원히 그대만을 바라보며, 영원히.

76.

드디어 트럼본의 아우성이 터져나오고 팀파니는
운명의 결론을 세 마디로 판결한다. 끝이다.
이것이 최후의 피날레 — 힘겨운 바이올린의
가냘픈 고성, 비올라도 따라 울고 첼로는
목멘 아르페지오로 고통의 영원함을 증언한다.

아, 간주곡 라르고의 레가토로 돌아갔다면,
차라리 오보에 선창에 줄 맞추는 연주 전
잡음에서 다시 시작했으면, 천장에 두 주먹으로
다듬이질하는 소프라노의 피 토하는 비명만은 피했다면,
칼날을 손에 쥔 채 죽음을 가슴에 품는
테너의 목쉰 울먹임만은 내일로 미뤘다면,
이 밤의 고통과 그래도 사귀어 보련만,
처참한 무대 위로 사정없이 막이 내리니,
어찌 갈채 속에도 나 홀로 눈물 짖지 않으리.

77.

혹시 오늘일까 봐 눈뜨기가 두려웠어, 정말,
행여나 그 소식일까 봐 이메일도 열지 않았어.
설마 아직은 괜찮겠지 자위하며, 전화 속에
담겨있던 그대의 지친 목소리를 이국땅
이방인들 사이 넋나간 광인처럼 헤매면서도
늘 부적처럼, 여권, 크레디트 카드보다 더
소중하게 간직한 채 지냈거든, 그 짧은 통화를.

결국 오늘이었다니, 게다가 이렇게 화사한 날
그대의 영혼이 때 이른 여행길을 떠났다니,
갈기갈기 속을 칼로 찢어놓고 채를 써는
그 모든 고통의 수련을 이제는 졸업했다니,
그렇게도 숱한 가슴을 설레게 했던
진주 같은 눈망울을 버려진 목걸이처럼 남겨둔 채,
내 가슴에 용접됐었던 그대의 심장이 멈췄다니!

78.

어찌 아침을 감당할까, 또 하루 치 아픔을?

잔인한 해여 어둠을 쫓지 말아다오!

어찌 봄을 맞을까, 한 계절의 진통을?

야비한 새싹이여, 언 땅을 찢지 말아다오!

한순간 맛본 삶의 정수는 오직

꿈에서나 흑백사진으로 다시 만날 뿐이니,

어둠의 문을 닫고 사랑을 회상하게,

아침이여, 낮이여, 모든 색깔을 지워다오!

주책없이 떠날 줄 모르는 햇살의 장난질,

저 철없이 뛰노는 목소리들의 만행에서,

저 생명의 폭력에서 나를 건져다오!

콘크리트 벽에 못질 해대듯 조롱하는

욕정에, 메마른 눈물의 침묵으로만 대응하게,

밤이여, 깊은 잠이여, 이 몸을 묻어다오!

79.

눈길은 어디에, 감탄은 언제 할까, 매사를
가이드의 지시에 충직하게 따르는 순례자,
아메리카인 관광객들, 그들의 발길 옆에서
고개 숙인 여인, 여름에도 두툼한 담요로
아랫돌이 감싼 채, 지나가는 운동화, 구두들과
벌써 일주일째 논쟁을 벌이고 있다.
동정의 시세는 어떤 순간에 정확히
평가할 수 있는가? 주기 전에, 아니면 그 후에?

앞에 놓인 접시에 뱉어놓는 동전 사이,
주책없이 내려앉은 지폐 한 장에 그녀는
얼굴을 든다 ― 그 순간, 아니 그럴 리가,
설마 그대가 여기에? 강남 빚쟁이들
저승까지 그대를 따라와서는 다시 길거리로?
이 옹졸한 전당포 세상의 때문은 악연으로?

80.

쇼윈도에 비친 초췌한 동양사내가 누군지
나도 이젠 알아보기 힘들 만큼 많이도
걸었고 멀리도 날랐고 이방인 군중 속에
숨어 지내는 삶도 이제는 파산 직전,
인색한 햇빛을 코트에 숨긴 채 앞만 보고
행진하는 런던 피카딜리 서커스 퇴근길,
허기진 속을 채우려 발길을 늦춰보나,
이미 늦었다, 들어가기에도 지나쳐 가기에도.

템스강 물살을 걷어차며 달려온 북풍이
창문 사이 틈새로 구성진 백파이프를 불자
백 살 먹은 벽돌들이 기지개켜며 일어나
벽 사이에 잡아논 바람소리로 밤인사 나누지만,
소호(Soho) 뒷골목의 능글능글한 눈길도 소용없다,
너무 늦었기에, 떠나기에도 좀더 머물기에도.

81.

눈총의 화살을 피해 엎드렸건, 당당히
두 눈 부릅뜨고 도전의 깃발을 휘둘렀건,
전술의 핵심은 언제나 그대를 따르는 것.
축축한 겨울비에 젖은 북쪽나라 고딕성당
정교한 돌천장 모서리들과 우울증을 논하건,
이글거리는 여름태양 밑에서 로마 콜로세움
구석구석 서려있는 피냄새에 취하여 몽롱해지건,
가장 값진 유적은 기억 속에 조각된
그대의 눈, 겹쳐진 쌍꺼풀의 아치 속으로
걸어가면 겹겹이 열리는 문 뒤로 청아한
정원이 펼쳐지고, 꽃잎 날리는 정자에
앉아 나를 부르며 손짓하는 그대,
한 번 감았다 다시 열리면 분수처럼
지저귀는 무지갯빛 하프로 부서지는 그대.

82.

광장 밑 군중을 능멸하는 우람한 석상들,
육중한 두오모(Duomo)를 뻐기는 대리석의 사치,
누런 흙탕물 등에 지고 진격하는 아르노(Arno) 강 —
피렌체를 거닌다, 마지막 신용카드 한 장을
지팡이처럼 짚고서 한 다리는 반쯤 절룩거리며,
프레스코마다 그림마다 숨겨놓은 수수께끼 풀어보며.
이 모서리를 돌면 만나는 길이 어디일까?
캄파닐레(Campanile) 저녁 종소리가 결론을 내려준다.
여기가 종착점, 땀에 절은 신발끈 풀어놓고
강물에 안기어 여권, 지갑을 반납하라고.

하지만 피사(Pisa)행 물살에 한 발 담그곤
남은 발도 내주기 직전, 내 귀에 들리는
속삭임, "잠든 아르노 깨우지 말고,
이제는 그만 아침햇살에 머리 빗는 한강으로 —"

83.

그대는 떠났으나, 한줌 재로 흩어졌으나
내 마음 속 미술관, 전시실의 미로마다
그대의 얼굴은 천 년을 감내할 미소로,
숨거둔 젊은이 무릎에 재우는 마돈나의
정갈한 연민으로, 귀부인의 살짝 들춘 눈매의
짜릿한 초대로, 두 손 모아 깍지낀 밤 약속으로,
백마 타고 달리는 아르테미스의 휘날리는 머리결로,
허리에 숄만 두른 채 새 하얀 피부로
세상을 축복하는 아프로디테의 숨막히는 곡선으로,
신비의 샘 한 손으로 넌지시 가린 채
풍만하게 펼쳐진 나체의 눈부신 바다로
닻을 올리라는, 어서 오라는 명령으로
살아있지 않은가 —

　　　　　　　　　그대를 눈앞에 떠올리면
그 순간 내 삶은 바로 우피찌 (Uffizi) 가 아닌가.

84.

구름 위 떠다니다 공항 유리상자 안에서
손목시계 맞추며 부서진 영혼의 찌꺼기
손가방 여권 옆에 구겨넣고 떠도는 방랑생활.
한 해를 넘겼다. 또 며칠 뒤면 허공으로
날아올라야 하나. 언제나 이 몸이 누울,
병든 가슴, 썩는 내장 지질
따듯한 구들장으로 돌아갈까, 어디에서 아랫목에
데워놓은 밥 한 그릇, 구수한 된장냄새 맡을까,
어느 주막, 어느 포구에서 다시
할머니 품에 안겨 옛이야기로 겨울밤을
견딜까, 고드름 언 아침마당에 발 디딜까.

밤을 바꿔놓은 대낮, 커피 한 잔에
다시 게이트로 발길을 돌린다, 서울로,
추억으로, 상처로, 오래 기다리던 종말로.

85.

떠날 때는 김포, 다닥다닥 지붕 위로 떠올랐었으나,
내린 곳은 서해바다, 갓 태어난 인천공항,
영종도 아담한 읍내 매몰된 자리에서
사람들은 핸드폰과 귀를 비비고 입 맞추며
정사에 여념이 없다.
　　　　　　마중 나온 이
있을 리 없고 전화번호 모두 지워졌건만,
가슴 속 묻어놓은 상처를 파내는 이 누구인가?
누가 이미 열 번은 더 죽은 영혼을
사정없이 흔들어대는가, 얼려놓은 심장 녹이는가?

버스 창밖에 손짓하는 도로 안내판마다
그대 이름이 씌어있고, 사거리 신호등마다
그대 가냘픈 눈웃음이 배어있고, 해가 진
강물 위에는 그대 낮은 음성 흐르니,
어디에서 내려야 하나, 어디쯤에서 울어야 하나.

86.

도망쳐 달려갔더니 내내 똑같은 담벼락.
떠나질 못했으니 돌아오지 못한 셈이다.
누가 애초에 떠났던가. 누가 남아있었던가.
묻는 나는 누구이며 답하는 나 누구인가.
이 도시에 남았던 나에겐 죽음이 삶이었나.
이 도시를 떠났던 나에겐 삶이 죽음이었나.
낯익은 골목길도 고개 돌려 나를 외면하고,
나를 알아보는 길거리는 도무지 말이 없다.
붐비는 엘리베이터에 헤치고 들어가 소리쳐도
아랑곳하지 않는 사람들. 내 외침을 짓뭉개고
한 사람씩 각자 층을 찾아 나가니
절박해져 옷소매를 붙잡아도 허공과 악수할 뿐.

나는 허깨비인가. 내 몸 그 자체가 속임수인가.
깨지 않는 꿈이 또 날 속이는가.

87.

측량할 길이 없이 뿌리 깊은 나무
한 그루와 네 발 달린 동물이 같이 산다.
동물은 네 발 달린 재주를 부린다고
짓밟고 자르고 차고 달리다 뛰쳐나온다.
그러다가 나무가 그리워 사지를 떤다,
풍성한 잎사귀의 곤혹스런 넉넉함을 아쉬워하며.

네 발 달린 동물의 비참한 운명은
하루해가 져도 다리를 접기 어려운 것,
만물이 잠들 때, 홀로 가위눌려 신음하며
동틀 때까지 시달리는 것 ─
                              그러니 나무여,
질퍽한 풍만함으로 메마른 겨울을 정복하소서
풀벌레 요란하고 모기떼 들끓는 여름밤에도
봄의 수줍음을 덮고 자는 나무여,
아, 네 발 짐승의 촉촉한 고향이여!

88.

틀림없는 내 자식이다, 두툼한 귓불이며 뒤통수
평평한 것이, 어른들 다리 사이 부산떨며
진열된 장난감 모조리 집적대는 꼴이,
걸음걸이도 꼭 저랬다, 앞으로 넘어질 듯,
뒤뚱거리며 달려와선 아빠 품에 안겼다간 이내
다시 도망가던, 네 살짜리 귀염둥이 2대 독자.

안경 올리며 턱을 움찔 드는 모습,
허벅지와 종아리가 서로 안 어울리는 각선미,
한쪽 위로 살짝 몰린 윗입술까지,
모든 증거는 한 가지 결론을 뒷받침한다.
내 아내였던 여자와 내 자식이었던 아이.

몇 년 만인가, 몇 달 만인가, 달려갈까
말까 ─ 백화점 군중에 막혀서가 아니라,
듬직한 남자 손에 한 손을 내주었으니.

89.

떠난 게 잘못이었나, 한 번 더 주저하지 않은 것이,
돌아오니 그대 흔적 찾을 길 없으니.
가게도 골목도 취기도 노래도 영수증도
학교 옆 반지하 원룸 널려있던 빨래도
모두 사정없이 말끔히 부숴버린 포크레인.

아무렴 어떠리, 헐고 새로 올리건
몇십 년 창문끼리 노려보며 옹기종기 지내건
토라져 등돌리고 길거리에 추파를 던지건
무슨 상관이랴, 어차피 그대의 유산은
이 도시 그 어떤 빌딩에도 남아있지 않으니,
이 많은 눈물 후에도 샘솟는 미소,
이 많은 슬픔 속에도 배어있는 기쁨,
오직 그대와 함께 한 그 짧은 순간들만
구름 뒤로 번지는 달빛으로 살아 있으니.

90.

나의 한가위 차례상은 자정이 다 된 시간
눈썹화장도 지운 퇴근한 보름달 앞에
바치는 단출한 술상 하나가 전부 —
인적 끊긴 아파트 거실 벽에는
몬테베르디(Monteverdi)의 마드리갈로 검은 휘장 내리고
달빛 번진 바닥에는 김소희의 구음으로
통곡을 대신한다, 사랑을 잃은 속타는
곡조로, 말은 모조리 모음의 곡성으로
이탈리아말 춤사위에 우리 가락의 들끓는
장단으로, 늦은 밤 이웃을 아랑곳 않는
푸닥거리 —
                        달님이여, 저 아파트 창문 눈알들을
빼버리소서! 달빛이여, 오직 어둠의 강물에
내 사랑의 흔적만 가냘프게, 가녀리게, 남기소서,
눈먼 열정이 좀더 머뭇거릴 수 있도록 —

91.

한물 간 노래밖엔 부를 줄 아는 게 없고
옷장에는 온통 패션에 뒤진 옷가지들.
갈 수 없는 길밖엔 아는 길이 없고,
할 줄 아는 말은 하나같이 할 수 없는 말들.
보고 싶은 사람은 볼 자격이 없고
볼 수 없는 사람만 보고 싶을 뿐.

이미 끊은 인연은 다른 인연에 묶였으니
한쪽 상처는 아물고 새살마저 돋아났으니,
빚은 원금이라도 갚은 셈인가, 그래도
어떻게 빈 주머니로 새로 구걸을 시작하겠나,
비좁은 시장바닥 어디에 좌판을 깔겠나.
갈 데 없는 나그네길 다시 떠나겠나.

답할 수 없는 그대에게 이 밤에 물어보나,
뒤늦은 취객의 욕지거리만 창밖에서 들려올 뿐.

92.

내가 농사일 구실 삼아 일어서 가려 하자
사랑은 미소 하나로 내 발길 묶어놓았네.
내가 갈던 밭을 땅문서째 넘겨주고
묵직한 엽전 챙기고서 사랑을 찾아가니
사랑은 소식 하나 남기지 않고 가버렸네.
새밭을 갈며 사랑을 잊으려 했으나,
흘리는 땀방울에는 그리움의 한숨만 배어났네.
그러다가 사랑의 전갈을 받고서는 하던 일
내려놓은 채 온힘 다해 사랑에게 달려갔으나,
아, 사랑은 이미 벼랑 끝에 서 있었네.
사랑을 구하려 낭떠러지 모서리까지 뛰어갔으나,
사랑은 허공에 떠올라 바람과 춤추었네.

밤새 그 자리에서 사랑이 돌아오길 기다렸네
또 하루 비 맞으며 사랑을 목놓아 불렀네.

93.

안면도 소나무 늠름한 다리 사이로
밀려난 패잔병, 애꿎은 물고기 핑계로
바닷물과 바둑이나 두며 하루를 때웠으나,
낚싯대에 걸려온 건 종일 들이마신 바다바람.
잔가지 모아놓고 모닥불 피우니 꽁꽁
얼었던 두 귀 녹으며 회한에 붉어진다.

자르는 것도 용기이나 머물기가 더 힘든 일.
이제라도 말끔히 지우고 다시 쓰면 안될까?
갈라진 몸이지만 문방구에서 풀을 사서 붙여볼까?
늦은 숙제지만 혹시 받아주지 않을까?

아, 차디찬 선생님, 한순간 실수로
여기까지 쫓겨왔는데 이제는 교문마저 잠그고
결국엔 퇴학생의 원한과 수치를 가르치다니,
언 땅의 냉기로 종아리에 회초리 치는 여인이여.

94.

진리는 10원짜리 동전처럼 길거리에 나뒹굴고
둘만 만나면 음모의 연기가 모락모락
솟아나는 도시의 평화로운 저녁풍경, 공중에
떠서 살면서도 아파트값의 영생불멸을
굳게 믿는 독실한 장사꾼들, 울긋불긋
밤하늘 수놓은 십자가들, 불꺼진 제단마다
가게문 열 시간만 간절히 기다리는 거룩한
도성에 죽을 자리 보러 오니, 벌써 까마귀떼처럼
이민 대행업자들이 몰려든다. 치열한 생존경쟁!

산타클로스 닷컴이 복장불량한 유태인
메시야를 흡수 합병한 후 주가가 상한가라고?
기왕이면 성모마리아 곁이 따뜻하지 않겠냐고?
윤회순번 1순위 딱지를 사면 방금 나온
재벌집 장남 자리는 100 프로 보장이라고?

95.

물론 새 물건, 신세계, 신상품, 첨단패션
디스플레이인 줄 누가 모르나, 하지만 쇼윈도
꽃무늬 원피스는 아롱진 그대의 흔적 —

어서 오라, 내 사랑, 어서 내 품으로,
어디를 헤맸기에, 무슨 흥정에 시달렸기에,
이토록 장사꾼 손자국에 치맛자락 구겨졌니,
누가 빼다 팔았니 그대의 젖가슴은,
풍성한 깊은 샘은 누가 매립해 버렸니,
그 모습으로 내내 나를 기다렸니, 여기서
이제 가게문 닫으면 함께 밤하늘로
승천할 참이었니, 그까짓 일당 못 받아도?

이때 하늘을 나눠 갖은 채 사유재산을 사수하는
천사와 보살들이 한목소리로 합창히며 껴든다,
"초월을 논하려면 먼저 상가분양부터 받아야지!"

96.

불켜진 창 멀리서 바라보며 속으로 절 올리고
떠납니다, 가슴속에 아들 묻고 통곡하실 생각하면,
불효자식 발걸음 어머니 곁으로 향하지만,
떠나갑니다, 마지막 부탁 편지함에 넣고서.

두 눈은 고스란히 빼내 선물로 내 주시지요,
태어나 한 번도 햇빛을 보지 못한 이에게.
두근거리던 심장이야 멈춰 서면 그만이라도
그 밖에 나머지는 아직도 쓸 만할 겁니다.
간, 콩팥, 허파는 서비스로, 아시겠죠?
나아서 키우신 노고야 계산하기 쉽지 않고,
간단하게 생각하면 쓰레기 분리수거 재활용이니.
미련 없이 보내시고 아낌없이 태우시고,
남은 뼛가루로 허기진 강물고기 먹이시면
남들 보기에도 크게 창피하시진 않을 테니.

97.

그대를 만나려면 이 길밖에 없지 않은가?

몇 달, 몇 년 더 산다고 지도가 바뀌겠나?

제 명을 다 살아도 어디 가서 개근상을 받겠나?

결산하지 않은 사랑만이 값지지 않은가?

밥상으로 변해버린 열정은 얼마나 처참한가?

변기를 같이 쓴들 한몸이 될 수 있나?

모든 것을 다 버려도 죽을 욕심만은 남는가?

삶이 내 것이 아니었는데도 죽음은 내 것인가?

깨어나지 않는 잠에서는 꿈도 끝이 없나?

심장이 멈출 때는 오르가즘보다 더 짜릿할까?

뇌세포 재가 된 후에도 기억은 남을까?

내 아들의 정충 속에서 나는 부활할까?

모든 기록이 삭제되어도 울음은 남아있나?

반품된 시집들은 신문지와는 재혼할 수 있을까?

98.

남의 재산 옥상에 서서 한세상 내려다본다.
빌딩과 빌딩, 사람과 사람 사이
눈 속으로 입 속으로 팬티 속으로 들어갔다 나오는
자본의 귀신이 구렁이처럼 기어다니는 도시.
백주에 태연하게 행인을 삼켜먹는 시장판.
고통의 신음소리는 새벽안개처럼 퍼져가고,
쾌락의 푸른 신호등은 너무나 짧기에
질주하던 열정은 귀를 찢는 고음으로 치솟다
한 줌 유리가루 분묘로 끝나고 만다.

불꽃도 제대로 못 내는 잡풀같이 살다
저 아래 달리는 자동차들 곁에서 부서진들
일간지는 물론 교통방송에도 나올 리 만무하다.
값비싼 부동산 앞에 송장 하나 뒹굴어도
핏자국은 매연으로 덮어버리면 시세는 변함없다.

99.

몇 해 동안 품었던가, 몇 년을 삭혔던가,
들렀다 그냥 떠난 길손은 또 몇이었나,
여기 이 종점에 이르기까지 얼마나 방황했던가.
미처 보내지 못했던 첫 편지를 부쳤고,
영원한 시간 속으로 사라지는 사랑의 약속 같은
아련한 가락들도 바람에 흩뿌려 날렸으니,
날개 없는 새이지만 나도 이젠 날아가리.

현기증처럼 붙어있던 열정의 속절없는 지병도
셀 수없이 그려보았던 그대의 영롱한 눈매도,
이제는 계곡 물길 따라 떠내려가며 조금씩
물에 젖어 붉은 화장 지워지는 꽃잎일 뿐.
너무 늦게 찾아온 사랑이 불로 지진 흉터에
연꽃처럼 피어난 운율로 작별인사 대신하고,
떠나리, 돌아올 길 없는 이 최후의 행신지로.

▚ 해 제

소네트는 13세기 시칠리아에서 유래하여 14세기에 토스카나 시인 페트라르카가 완성한 14행 시이다. 《청담동의 페트라르카》의 각 편은 소네트 전통을 따라 모두 14행으로, 그리고 각 행은 5박자로 구성되어 있다. 고래로 서양언어에서 시의 운율의 기본은 모음의 길고 짧음 또는 강하고 약함이었다. 한국어는 강세가 없는 언어라고 하지만, 발화시 모든 음절이 균등한 강도, 속도, 길이로 발음되는 것은 아니다. 이 작품에서는 음절의 수가 아니라 자연스런 발화의 단위에서 박자를 찾고자 했다. 내용에서도 주로 가상의 연인에 대한 연모의 정을 표현한 연작의 형태였던 서양 소네트 전통을 따르되, 보다 극적인 서술구조를 시도했다. 따라서 여기에 등장하는 "나"는 1인칭 소설의 "나"와 같은 자격으로 보면 된다.

나남창작선 · 71

베르디풍 어머니

윤 혜 준 장 편 소 설

"*Stabat Mater dolorosa / Juxta Crucem lacrimosa*…"
"성모는 서 있었네, 슬픔에 잠겨, 십자가 곁에서 눈물 흘리며…".

가톨릭 교회음악의 한 장르인 〈스타밧 마테르〉(Stabat Mater) 가사의
첫 두 행이다.
홀로 고통 받는 아들을 바라보는 어머니의 고통. 그 고통을 노래하는 아
들(들)의 노래. 그러나, 영국 케임브리지의 한 낡은 주택의 거실에서, 안
데라야스 숄이 녹음한 비발디의 〈스타밧 마테르〉를 들을 때 떠오른 이
미지는 성자와 성모의 모습이 아니라 범속하기 이를 데 없는 서울이었
다. 서울의 어머니들, 아들들, 딸들

―머리글 중에서

값 10,000원

NANAM 나남출판
Tel 3473-8535
www.nanam.net